I0648510

Charles Henri de Longueil

Der englische Waise

ein Schauspiel in ungebundener Rede und drei Aufzügen

Charles Henri de Longueil

Der englische Waise
ein Schauspiel in ungebundener Rede und drei Aufzügen

ISBN/EAN: 9783743643710

Hergestellt in Europa, USA, Kanada, Australien, Japan

Cover: Foto ©Andreas Hilbeck / pixelio.de

Weitere Bücher finden Sie auf **www.hansebooks.com**

Der

Englische Waise

ein

Schauspiel

in ungebundener Rede

und

drey Aufzügen

Frankfurt am Mayn
mit Andreäischen Schriften
1771

Der

Englische Waise.

Perſonen.

Thomas Frick,
Thomas Spencer,   } Schreiner.

Miſtriß Molly, Fricks Tochter und
Spencers Frau.

Lord Riſton, Ritter vom Hoſenbande.

Frank oder Franz, Secretair der Lady
Lailin.

Jones, Schreinerjung.

Ein Feldwebel.

Zween Gefreyte.

Der Schauplatz iſt zu London in dem Hauſe des
Thomas. Die Handlung geht unter der Regie=
rung Eduards III. gegen das Jahr 1350. vor.

Erster Aufzug.

Die Bühne stellet das hintere G:mach an der Werkstätte eines Schreiners vor; man sieht daselbst verschiedene fertige Arbeiten, die ausnehmend schön und fleissig gearbeitet sind; andere stehen auf der Seite, die nicht so fein und zierlich gemacht sind, wie die erstern.

Erster Auftritt.

Thomas allein.

(Er hat eine Weste an und seinen Schurz vor sich hängen, er sitzt an einem Tische, worauf Papiere, ein Zirkel und ein Linial liegen, derer er sich, ehe er anfängt, bedient.)

Endlich ist nach drey Wochen Arbeit mein Riß doch zu Stande gekommen, ich darf ihn nur noch ins Reine bringen; dieß ist eine geringe Sache. Ich muß ihn meinem Schwiegervater zeigen; er ist ein zu grosser Kenner, als

daß

daß einige falsche Striche vor ihm verborgen blieben; ich fürchte nur, seine Liebe zu mir möchte seinen Beyfall zu leicht erhalten. Die Nachsicht unserer Freunde dienet uns weniger, als der Tadel unserer Feinde; zum Unglücke kömmt dieser letztere zu spät, und man kann das angebrachte Werk nicht mehr verbessern.

Zweyter Auftritt.
Thomas, Frick.

Frick, welcher auch eine Weste und einen Schurz an hat. Du hast mir gestern, lieber Freund, zween Gesellen mehr begehret; ist es nicht für jenen grossen Tafelschrank, den wir die vergangene Woche angefangen haben?

Thomas. Ja, mein Vater.

Frick. Ich habe sie in die Arbeit genommen; aber du hattest es mir nicht gesagt, und ich befürchtete, ich möchte mich betrogen haben.

Thomas. Es ist eine Nachläßigkeit. Mein Riß ist fertig. Wollt ihr wohl so gut seyn und

und ihn ansehn und mir eure Meinung darüber sagen?

Frick. Herzlich gern; gieb her — Wie! das ist wirklich bewundernswürdig. Umarme mich, mein lieber Freund, es ist in ganz London gewiß niemand im Stande, dieses zu machen, als du.

Thomas. Ich habe alle meine mögliche Mühe daran gewandt. Ich habe noch etwas bessers zu finden gewünscht.

Frick. Das Beste ist der Feind des Guten; mit zu viel nachgesuchten Verbesserungen kann man sein Werk verderben; Halte dich an diesen Plan. Er ist anständig, prächtig, und muß dir nothwendiger Weise viele Ehre machen. Hast du ihn schon angeschlagen?

Thomas. Ja, er wird auf neun hundert Mark Silber kommen, vielleicht auch gar noch mehr.

Frick. Wenn ich mich nicht betrüge, so hattest du den Preis auf tausend gesetzet. Du wirst daran verlieren, mein Freund. Was

A 4   sind

sind hundert Mark Gewinn an einer Arbeit
von drey Jahren?

Thomas. Wir werden immer zu leben
haben.

Frick. Ja bis itzt noch, und dennoch müssen wir sehr haushälterisch seyn. Deine Kinder wachsen täglich mehr heran, und vermuthlich werden dir noch andere nachkommen.

Thomas. Ich habe mehr auf die Ehre, ein
öffentliches Werk, welches mir den Beyfall
meiner Mitbürger verdienen kann, zu machen,
als auf den Gewinn gesehen, den ich daraus
ziehen könnte; übrigens wird mir diese Unternehmung, wenn sie gefällt, vielleicht andere verschaffen, an welchen ich mehr gewin-
nen kann.

Frick. Ich billige deinen Eifer, indem ich
deine Uneigennützigkeit table. Aber, mein
Freund, wir beide haben zusammen nur vier
Aerme; sie müssen hinreichend seyn, eine ganze
Haushaltung zu unterhalten. Eine Krank-
heit, ein Zufall, können uns ausser Stand
setzen, zu arbeiten; das Alter schwächt meine
Kräften;

Kräften ; bald werde ich zu nichts anders mehr taugen, als nur die Arbeitsleute anzuführen.

Thomas. Der Himmel wachet über die Tugend, und belohnet sie. Er wird euch zu unser aller Glück erhalten.

Frick. Ach! was kann ich mehr von ihm erwarten? Ich habe meine Belohnung schon erhalten. Ich sehe meine Tochter an einen ehrlichen Mann verheyrathet. Ich sehe meine Enkelchen. Ich sehe euere glückliche Haushaltung ; itzt habe ich nur dem Himmel zu danken, und ihn zu bitten, daß er euch in einem so beglückten Zustande erhalte.

Thomas. Ihr habt recht, Vater. Wir müssen ihn bitten, daß er euch noch lange ein Zeuge davon seyn lasse. Ich höre jemand kommen.

Dritter Auftritt.

Frank, Thomas, Frick.

Thomas. Ha! sind Sie es, Herr Frank?

Frank.

Frank. Ich bin es selbst, Herr Thomas. Die Lady schicket mich, um mit euch die Rechnung für die Arbeit zu schliessen, die ihr im vorigen Jahre für sie verfertiget habt. Wenn sie ihre Geschäften so wohl besorgte, als ihre Lustbarkeiten, so würdet ihr schon vor sechs Monaten bezahlet worden seyn. Aber vornehme Leute beschäftigen sich nicht gern mit Sachen, die für sie die wichtigsten sind, und wenn ihr Bruder, der Lord, nicht seit vierzehn Tägen zurück gekommen wäre, so glaube ich, ihr würdet euer Geld noch nicht haben.

Thomas. Ich bin Ihnen sehr verbunden, Herr Frank. Ich habe eine beträchtliche Arbeit unternommen, und dieses Geld wird mir zum Anfange helfen.

Frank. Desto besser. Wie viel ist man euch noch schuldig?

Thomas. Ich glaube, es sind noch drey und dreyßig Mar⬤ So viel ich mich erinnere, habe ich zehn bekommen, da ich die Arbeit lieferte.

Frank bey Seite. Er hat wohl zwanzig bekommen. Sollte er nicht gar ein Schelm seyn?

seyn? Laßt sehen. Dieß könnte für die Lady
ein Glück seyn.

Thomas. Vater, wollet ihr wohl mei=
ner Frau sagen, sie soll mir mein Buch
bringen, damit ich es auf der Stelle schreibe.
Es liegt in dem grossen Schranke in ihrer
Kammer.

Frick. Ich gehe hin, mein Sohn. (Er geht ab.)

Vierter Auftritt.

Thomas, Frank.

Thomas. Nun, werden Sie es bald ge=
wohnt in England?

Frank. Nicht gar sehr. Mein Vater, der
aus London gebürtig war, bedauerte zu Bour=
deaux den Verlust des englischen Bieres; ich,
der ich zu Bourdeaux gebohren bin, bedaure
den Verlust der guten französischen Weine.

Thomas. Was hat Sie denn Ihr Land
verlassen machen?

Frank. Ich war bey dem Vater der Lady
in Diensten; nach seinem Tode bin ich hieher
gekom=

gekommen, ihr Rechnung abzulegen. Sie
hat mich in ihrem Dienſte behalten.

Thomas. Und warum gehen Sie denn
nicht mehr zurück?

Frank. Die Lady brauchet mich für viele
Sachen, in denen ich beſſer unterrichtet bin,
als ſie. Uebrigens bezahlet ſie mich ſehr gut.
Aber laßt uns immer wägen. (Er zieht eine Gold-
wage aus ſeiner Taſche.) Was iſt dieß für ein
Riß? Er ſcheint mir ſehr prächtig zu ſeyn.

Thomas. Es iſt die Zeichnung eines Ge-
rüſtes, welche man von mir begehret hat, und
die ich erſt heute ausgemacht habe.

Frank. Ihr habt dieſes gemacht?

Thomas. Freylich.

Frank. Ey, wer hat euch das Zeichnen
gewieſen?

Thomas. Der verehrungswürdige Frick
hat nichts an meiner Erziehung vernachläſſiget. Er hat damit angefangen, mir ſein
Handwerk zu zeigen, nach dieſem hat er drey
Jahre lang Meiſter in der Zeichnung und
Bildhauerkunſt für mich bezahlt, und da er
saß,

sah; daß ich seine Sorgfalt nicht übel an=
wandte, hat er mir endlich seine Tochter ge=
geben.

Frank. Dieß ist kein unglückliches Steigen,
Herr Thomas; ich wünsche euch Glück dazu —
(Er legt Geld in die Wage.) Zehn, zwanzig, drey
und dreyßig Mark hier, machen wohl die drey
und dreyßig Mark, die ihr haben müßt.

Fünfter Auftritt.

Molly, Frank, Thomas.

Molly. Hier ist dein Buch, mein Schatz.
(Thomas setzt sich an den Tisch.)

Frank bey Seite. Man muß ein Mittel fin=
den, sie dahin zu bringen, daß sie England
verlassen; sonst wird Milady zu Grunde ge=
richtet. Geht er einmal hinaus, so weiß ich
die Mittel, ihn zu verhindern, daß er nicht
wieder hieher komme. (Laut.) Wahrhaftig,
Mistriß, Sie werden alle Tage schöner.

Molly. Mein Mann sagt es mir zuweilen,
Herr Frank.

Frank.

Frank. Er sollte es Ihnen unaufhörlich sagen; die Männer sind immer träge, ihren Weibern Gerechtigkeit wiederfahren zu lassen.

Molly. Der meinige nicht, ich schwöre es Ihnen. Seit vier Jahren, daß wir verhey= rathet sind, hat er mich noch nicht sehen kön= nen, so wie ich bin, und seine vielleicht uns= gegründete Neigung gegen mich ist noch so stark, als sie den ersten Tag war.

Thomas. Ungegründete Neigung! gar nicht, ich lasse dir Gerechtigkeit wiederfahren.

Molly. Suche in deinem Buche, und störe uns nicht; ich habe noch Uebels von dir zu reden.

Thomas. Lady Lallin. Empfangen den fünfzehnten Hornung —

Frank. Den fünfzehnten Hornung! — Wie! es ist schon ein Jahr, daß sie euch das erste auf Abschlag gegeben hat? Ihr irret euch, Herr Thomas, es ist nicht so lang.

Thomas. Hören Sie, das ist nicht schwer auszurechnen. Ich habe das Werk gegen Ende der Belagerung von Calais angefangen,

im

im Heumonate dreyzehnhundert sieben und
vierzig. Nun ist es achtzehn Monate, und
Sie werden sich wohl noch zu erinnern wissen,
daß sie mir dieses erste Geld auf Abschlag
nur sechs Monate hernach gegeben hat.

Frank. Ha, wahrhaftig, ja; ihr habt
Recht.

Thomas liest wieder weiter. Laby Lallin. Empfangen den fünfzehnten Hornung zwanzig
Mark auf drey und vierzig. Ich irrete mich,
Herr Frank, da sind zehn Mark, die ich Ihnen
zurück gebe. Ich glaubte, ich hätte nur zehn
bekommen.

Frank bey Seite. Er ist ein ehrlicher Mann,
desto schlimmer. (laut.) Aber, Herr Thomas,
da ihr so geschickt seyd; und so viel auf eure
Ehre haltet, solltet ihr eine Reise nach Frankreich und Deutschland vornehmen, wo die
Schreinerey so hoch getrieben ist, daß wir
nicht so bald im Stande seyn werden, sie so
weit zu bringen.

Thomas. Sie hätten Recht, wenn ich
nicht verheyrathet wäre; aber ich muß mich
vorzüg-

vorzüglich meiner Familie widmen. Uebrigens kömmt mir die Arbeit von allen Seiten
her, ich muß diejenigen, die mich gebrauchen,
zufrieden stellen, und über dieß kosten solche
Reisen immer sehr viel Geld — Sie müssen
eine Quittung haben.

Frank. O! deßwegen seyd unbekümmert.
Die Lady Lallin, welcher die Schreinerarbeit,
die ihr in ihrem Hause verfertiget habt, un-
gemein wohl gefiel, hat mir aufgetragen, euch
zweyhundert Mark jährlich anzubieten, so
lang ihr auf der Reise seyn würdet. Ihr
würdet wohl drey Jahre anwenden müssen,
um alles Merkwürdige zu sehen und in grossen
Werkstätten zu arbeiten; kurz um, so nach
London zurück zu kommen, daß ihr alles über-
treffet, was man jemals hier zu Lande gesehen hat.

Molly. Lady Lallin ist sehr großmüthig.
Wenn ich ihr aber gleichfalls vorschlüge, drey
Jahre von ihrem Gemahle getrennet zu leben,
so weiß ich nicht, ob sie sich freywillig dazu
entschliessen würde.

          Frank.

Frank. Ich stehe euch dafür, daß sie es sehr gern thun würde — wenn es zu ihrem Besten wäre. Zum Exempel, der Lord ist zum Gesandten nach Dänemark ernannt worden, sie hält um seine Abreise an, und ist gar nicht willens, ihm zu folgen. Uebrigens kann der Herr Thomas mit zweyhundert Mark Geld und seiner Arbeit, seinen Schwiegervater, seine Frau und seine Kinder gar wohl mitnehmen.

Thomas steht auf. Wir wollen vernünftig davon reden, Herr Frank. Wollten Sie wohl, daß ich zum erstenmale einen alten Mann, wie mein Schwiegervater ist, aus England führe, und zwar nur, um ihn drey Jahre lang von einer Stadt zur andern zu schleppen? Wollten Sie, daß ich meine Frau und meine Kinder den Beschwerlichkeiten immerwährender Reisen, der Gefahr, oft keine Arbeit zu haben, und mich vielleicht ohne Hülfe zu finden, aussetze? Wollen Sie endlich, daß ich zu gleicher Zeit wider alle diejenigen fehle, die mir Arbeit gegeben haben, und die auf

B   meinen

---

meinen richtigen Fleiß zählen? Nein, Herr
Frank, ich weiß meine Ruhmbegierde einzu=
schränken, und ich will mich weder von allem
demjenigen, was ich liebe, trennen, noch es in
Gefahr setzen, um ein wenig reicher zu seyn.

Molly. Aber, Herr Frank, was fehlet uns,
um glücklich zu seyn? Ich würde mein
Schicksal nicht um der Lady Lallin ihres tau=
schen, die uns so großmüthig ihre Reichthü=
mer anbeut, und vielleicht würde sie das mei=
nige beneiden, wenn sie seinen sanften Reiz
kennete.

Frank bey Seite. Auf dieser Seite wird es
mir noch nicht gelingen. (Laut.) Ihr würdet
also euer Schicksal nicht ändern? Ihr wolltet
also nicht Lady seyn?

Molly. O! verzeihen Sie mir, Thomas
wäre Lord.

Frank. Und ihr, Herr Thomas, ihr wür=
det vor Freude außer euch seyn, wenn ihr ein
Lord wäret.

Thomas. Ich? Nein, ich schwöre es
Ihnen.

Frank.

Frank. Warum denn, wenn es erlaubt ist, zu fragen?

Thomas. Weil ich nicht sehe, was dieses zu meinem Glücke beytragen könnte, dieß ist die erste Ursache; zweytens, weil ich es für ein Handwerk halte, das schwer zu treiben ist, wenn man es recht treiben will.

Frank. Ein Handwerk!

Thomas. Ja, ein Handwerk, so wie ein Schreiner zu seyn; das eine kann ich, das andere aber nicht — Herr Frank, hier ist ihre Quittung — Hier, Weibchen, bring dieß Geld deinem Vater.

Molly (leise zum Thomas.) Ja — komm doch bald wieder zu uns, mein Schatz, ich will mit dir reden. Die garstige Lady macht mich ganz unruhig mit ihrem Vorschlage; sie ist mit so vielen Leuten übel umgegangen —

Thomas (leise zu seiner Frau.) Diesen Augenblick, mein liebes Kind — (laut.) Wenn die Handwerksleute meiner nöthig haben, so will ich bald in meine Werkstätte gehen, hörest du?

Molly.

Molly. Ja, mein Schatz. Ach! da kömmt ein Lord. Das giebt gewiß noch Arbeit. Desto besser.

Frank bey Seite. Wie, zum Henker! es ist Lord Riston, der Bruder der Lady Lallin! Alles ist für sie verloren, wenn er das mindeste merket. (Molly geht ab.)

Sechster Auftritt.

Lord Riston, Frank, Thomas.

Lord Riston wird den Frank gewahr. Ich treffe ihn zu rechter Zeit hier an; ich hatte mit ihm zu reden. Warte er in dieser Werkstätte auf mich, und wenn ich mit diesen ehrlichen Leuten hier fertig bin, so wird er mir nach Hause folgen, versteht er mich?

Frank. Ganz gut, Milord. (Er geht ab.)

Siebenter Auftritt.

Lord Riston, Thomas.

Lord Riston. Ist hier das Haus des Schreiners Frick?

Thomas.

Thomas. Ja, Milord.

Lord Riston. Seyd ihr es, junger Mann?

Thomas. Ich bin sein Tochtermann.

Lord Riston. Diese junge Person, die ich so eben gesehen habe, ist vermuthlich seine Tochter?

Thomas. Sie ist seine einzige Tochter.

Lord Riston. Seyd ihr schon lang verhey-rathet?

Thomas. Es ist itzt das vierte Jahr.

Lord Riston. Habt ihr Kinder?

Thomas. Ich habe zwey, Milord.

Lord Riston. (bey Seite.) Desto schlimmer. (laut.) Seyd ihr in eurer Haußhaltung glück-lich?

Thomas. Ach, Milord! die Aufrichtigkeit, die Tugend, der Verstand, die Reize, die Schönheit, alles hat sich vereiniget, mich glücklich zu machen.

Lord Riston. (bey Seite.) Welche Schwie-rigkeiten! (laut.) Ich bitte euch, sagt eurem Schwiegervater, daß der Lord Kiston gern mit ihm allein sprechen möchte.

B 3

Thomas.

Thomas. Ich will sogleich zu ihm gehen, Milord.

Lord Riston. Höret, wenn er ungefehr itzt nicht zu Hause wäre, so wollte ich warten. Ihr därft mir nur den Frank hieher schicken, dem ich befohlen habe, mich in eurer Werkstätte zu erwarten. Ich muß mit ihm reden.

Thomas. Ich will es ihm sagen, Milord.

(Er geht ab.)

Lord Riston allein. Welche Ursache hat ihn hieher führen können? Der Frank ist ein schlechter Kerl.

Achter Auftritt.

Lórd Riston,   Frank.

Frank, mit dem Tone eines falschen Betrügers. Milord, Thomas Frick ist ausgegangen, sein Tochtermann holet ihn, und hat mir gesagt, daß Sie mir indessen die Ehre erweisen, und sich mit mir unterhalten wollten.

Lord Riston. Sein Vater ist in dem Dienste des meinigen gestorben; er war ein ehrlicher

licher Mann, und sein Verlust geht mir nahe.
Er ist in dem Dienste meiner Schwester, und
ich vermuthe, daß er ein falscher Mann ist.

Frank. Ich, Milord? Lady Lallin beeh=
ret mich mit ihrem Vertrauen, und ich ver=
diene es.

Lord Riston. Höre er; ich will lieber
glauben, daß er meine Hochachtung, als
meinen Unwillen verdienet. Indessen werde
ich doch Gründe haben, an seiner Rechtschaf=
fenheit zu zweifeln. Antworte er mir. Was
hatte er für eine Absicht, da er in meinem
Cabinette, unwissend meiner, gewisse Papiere
durchlas, deren Kenntniß ich mir allein vor=
behielt? Er weiß, daß ich ihm nicht deßwe=
gen mein Cabinet geöfnet hatte, zum wenigsten
ist dieß ein sehr tadelnswürdiger Mißbrauch
des Vertrauens.

Frank verlegen. Milord — es geschah —
da man so vielerley in Ansehung des Spencer
erzählet — Dieß alles kam mir wie ein
Roman vor — und Sie wissen, daß die Neu=
gierde — Ich habe diesen Brief von unge=

fehr

fehr gefunden — und zum Zeitvertreibe habe
ich ihn gelesen.

Lord Riston. Er betrüget mich. Dieser
Brief ist nicht von ungefehr in seine Hände
gerathen.

Frank. Verzeihen Sie mir, Milord; es
war, wie ich Schriften für die Lady Lallin
suchte. Sie wissen, daß sie Sie seit langer
Zeit gebeten hat, mir den Eingang in Ihr
Cabinet zu erlauben.

Lord Riston. Ja, dieses weiß ich. Nun
gut; ich will es gern glauben, daß es entwe=
der von ungefehr, oder auf Befehl meiner
Schwester, geschehen ist; und ich bin deswe=
gen nicht böse auf ihn, weil er in dem letztern
Falle nur aus Dienstfertigkeit gegen sie eine
Unvorsichtigkeit begangen haben würde.

Frank. Ach! Sie sind gar zu gütig, Mi=
lord. Es ist wahr, ich bin ihr treuester
Diener.

Lord Riston. Und ohne Zweifel hat er
meiner Schwester die Nachricht von demjeni=
gen gebracht, was er in diesem wichtigen
Briefe

Briefe entdecket hat, der das Schicksal der Spencerischen Familie enthält?

Frank. Ach, Milord! da hätte ich ja den ungefehren Zufall misbraucht, der mich ihn finden ließ. Dieß war ein Geheimniß, das Ihnen gehörete, Milord. Ich glaube wohl, daß mir Lady Lallin es theuer bezahlet haben würde, um es zu wissen; aber ich habe lieber dieses Geld verlieren, als wider die Redlichkeit fehlen wollen.

Lord Riston giebt ihm einen Beutel. Hier ist der Ersatz dieses Verlusts.

Frank nimmt das Geld. Ach, Milord! ich habe keine eigennützige Seele.

Lord Riston. Es mag seyn. Aber höre er mich an. Er sagt, er wäre der treueste Diener meiner Schwester; er hätte ihr also dasjenige aus Dienstfertigkeit anvertrauen können, was er ihr aus Eigennutz nicht gesagt hätte.

Frank. Milord, es ist gewiß — Sie wissen, wie man natürlicher Weise gegen die vornehmen Leute dienstfertig wird; es

B 5   ist.

ist, wenn Sie wollen, eine Schwachheit,
aber —

Lord Riston. Zur Sache, Herr Frank.

Frank. Lady hat mich oft wegen den
Spencers ausgefragt, um zu wissen, ob mir
mein Vater nichts davon vor seinem Tode
gesaget hätte; sie hat sich sogar hierüber in ge=
wissen Puncten umständlich gegen mich erklä=
ret; sie hat mir erzählet, wie zum wenigsten
die Helfte der erstaunlichen Güter ihres Ge=
mahls aus diesem Hause herkäme. O! es ist
gewiß, daß sie sich öfters damit beschäftiget.

Lord Riston. Nun, hat er ihr endlich von
dem Inhalte dieses Briefes gesprochen?

Frank. (bey Seite.) Er hat mich so eben da=
für bezahlet, weil ich gelogen habe; laßt
sehen, ob er mich vielleicht belohnen wird,
damit ich die Wahrheit sage. (laut.) Ach!
Milord, Sie können nicht glauben, was für
Gewalt ich mir angethan habe, um meine
Ehre meinem Diensteifer gegen die Lady auf=
zuopfern. Ich muß zum wenigsten noch so
aufrichtig seyn, und mich vor Ihnen des=
wegen

wegen anklagen; verzeihen Sie mir es. Ich
habe mir das Vergnügen nicht versagen kön=
nen, ihr eine für ihr Glück so wichtige Nach=
richt zu bringen. Was wollen Sie? man
liebt seine Gebieterinnen, und ich bin versi=
chert, daß Sie in Ihrem Herzen gestehen,
daß Sie einen solchen Diener, wie ich bin,
theuer bezahlen würden.

Lord Riston. Ich zweifle, daß ich mich
lange Zeit gut dabey befinden könnte; aber,
wieder zur Sache, wenns beliebt. Weiß er,
ob meine Schwester hierüber schon irgend ein
Vorhaben gefaßet hat?

Frank. Nein, Milord, ich weiß es nicht.

Lord Riston. (bey Seite.) Der Betrüger!
(laut.) Und was wollte er denn hier machen?

Frank. Hier, Milord? — Ich kam hie=
her, Arbeiten zu bezahlen, welche die Lady
bey diesen ehrlichen Leuten hatte verfertigen
lassen.

Lord Riston. Genug; gehe er, gehe er,
lasse er mich allein.

Neunter

Neunter Auftritt

Lord Riston allein.

Es ist Zeit, Anstaltungen zu machen, ich
sehe es wohl. Meine Schwester ist keine
Frau, die müssig bleibt, indem ich nun in
London bin. Frank wird ihr gewiß von meinem Verfahren Nachricht bringen; sie wird
mit dem ihrigen eilen. Es ist sehr wichtig,
ihr zuvor zu kommen; sie würde nicht mit
willigem Herzen die Güter wieder herausge-
ben, die ihr Gemahl auf Kosten der Speuce-
rischen Familie besaß. Aber ich glaube nicht,
daß ich ihr Vermögen auf Kosten der Ehre,
der Redlichkeit und des letzten Willens meines Vaters schonen müsse. —

Zehnter Auftritt.

Lord Riston, Frick.

Frick, indem er sein Kleid vollends anziehт. Ich
habe Sie vielleicht warten machen, Milord;
aber, da ich nicht vorhersah, daß Sie meiner
nöthig

nöthig haben würden, so war ich einen Au⸗
genblick ausgegangen.

Lord Riston. Nein, nein, Herr Frick,
setze er sich. (Sie setzen sich.) Sein Tochtermann
und seine Tochter scheinen mir ehrliche Leute
zu seyn; er ist ohne Zweifel mit ihnen zu⸗
frieden?

Frick. Ach! Milord, sie sind der Trost
meines Alters; ich habe sie beide erzogen,
und ich habe von ihrer Kindheit an den Keim
der Tugenden gesehen, die sich heute an bei⸗
den so offenbar zeigen.

Lord Riston. Er lobt sich dadurch so sehr,
als sie.

Frick. Ich bin weit davon entfernt, an
mich zu denken, Milord; ein ungefehrer Zu⸗
fall hat das Werk angefangen, der Himmel
hat dasselbige seines Segens gewürdiget; ich
sehe meine Werkstätte von Tag zu Tag zuneh⸗
men. Mein Tochtermann unternimmt die
prächtigsten Werke, und endiget sie mit einer
Vollkommenheit, der wenig andere fähig seyn
würden. Noch vor kurzem hat er eine Arbeit
verdun⸗

verbungen, ein erhöheter Platz in dem Pallaste
zu Westmünster, welches eines der schönsten
Stücke in England seyn wird. Ich rede frey=
lich gern von ihm, und ich weiß wohl, daß
es sich für mich nicht schickt, ihn zu loben;
aber vergeben Sie, Milord, er war mein
angenommener Sohn, ehe er mein Tochter=
mann wurde.

Lord Riston. Fürchte er nichts, ich nehme
Antheil an allem, was er mir von ihm sagt.

Frick. Ich würde Ihre Gedult mißbrau=
chen. Haben Sie die Gnade, und sagen Sie
mir, Milord, was mir die Ehre verschafft,
Sie heute bey mir zu sehen.

Lord Riston. Daran werden wir noch
kommen. Aus welcher Provinz ist sein Toch=
termann?

Frick. Ich weiß es nicht.

Lord Riston. Wie? er weiß es nicht?

Frick. Wirklich nicht, Milord.

Lord Riston mit einem gütigen Tone. Was er
mir da sagt, verdoppelt meine Neugierde.
Nun wer ist er denn?

Frick.

Frick. Milord, Ihnen werde ich nichts geheim halten; mein Tochtermann ist eine jener Früchten des allgemeinen Elendes; ein ungefehrer Zufall ließ mich ihn in einem der nützlichsten Häuser antreffen, wo man für sie Sorge trägt.

Lord Riston. Ey! was für ein ungefehrer Zufall machte ihn denn mit ihm bekannt?

Frick. Es wird nun sechszehn Jahre seyn, da mich ein geheimer Trieb in ein solches Haus führete; mit Verwunderung sah ich daselbst diese Kinder wohl besorgt, wohl unterhalten; die Mine der Freude und der Gesundheit gab ihrem Alter einen neuen Reiz. Verschiedene umgaben mich, und antworteten richtig und vernünftig auf die Fragen, die ich an sie that. Einer unter ihnen, den ich fragte, wie er hieße, antwortete mir, daß er Thomas hieße. Du trägst meinen Namen, sagte ich zu ihm. Je nun, sprach er zu mir, nehmen Sie mich für ihren Sohn an, ich werde suchen es dahin zu bringen, daß es Sie nie gereuen soll. Diese Antwort rührete mich,

mich, und ich sagte ihm, daß ich es zufrieden
wäre, wenn er sich gut aufführen wollte.
Ich erkundigte mich nach ihm zu seinem Vor-
theile; ich begehrete ihn, man ließ mir ihn
zukommen, nachdem ich meinen Namen und
meine Wohnung angegeben hatte.

Lord Riston bey Seite. Ohne Zweifel ist er
es selbst. (Laut.) Wie alt war er damals?

Frick. Ungefehr zwölf Jahre. Kaum hatte
er drey Jahre lang in dem Schreinerhand-
werke gearbeitet, so fand er, wie sehr die
Zeichnung und die Bildhauerkunst zu diesem
Stande nöthig wären. Er wollte beide lernen,
und, ob er gleich nur zwo Stunden des Tages
damit zubrachte, so hatte er doch in dem zwan-
zigsten Jahre die Arbeiten, welche Sie hier
sehen, verfertiget, welche, wenn sie auch schon
nicht so ausgearbeitet sind, als diejenigen,
so er itzt machet, doch einen guten Geschmack
zeigen, und über die gewöhnlichen sehr erha-
ben sind.

Lord Riston. Ohne Zweifel haben ihn seine
Gaben bewogen, ihm seine Tochter zu geben?

Frick.

Frick. Es ist wahr, sie haben viel dazu bey⸗
getragen; aber seine Sitten brachten mich
zum Entschlusse. Er liebte sie, sobald er sie
sah; sie war damals nur vier Jahre alt. Sie
hatte im Lesen, Schreiben und Zeichnen nie
einen andern Meister; ihre Neigung gegen
einander wurde bald auf beiden Seiten gleich;
ich suchte sie nicht zu bekämpfen, sondern
nur in Schranken zu halten. Wenn ich mich
unterstehen dürfte, Milord, Ihnen die auf⸗
richtige Geschichte ihrer ungezwungenen Er⸗
ziehung umständlich zu erzählen, so würden
Sie von den liebenswürdigen Zügen, deren
Zeuge ich gewesen bin, gerühret werden; ich
habe zuweilen Thränen der Zärtlichkeit darüber
geweinet.

Lord Kiston. Ich bin von euren Tugenden
aufs heftigste gerühret. Möchtet ihr doch alle
würdig dafür belohnet werden! — (indem er
aufsteht.) Höre er, ich möchte, daß er mir seinen
Tochtermann schickte. Ich habe gewisse An⸗
stalten mit ihm zu treffen; ich habe ihm viele
Sachen zu entdecken. Sollte ich noch nicht

C   wieder

wieder zu Hause seyn, so soll er auf mich warten. Ich glaube aber gewiß, daß ich so geschwind, als er, in meinem Hause seyn werde. -

Frick. Ich will ihn diesen Augenblick hinschicken, Milord.

Lord Riston. Lebe er wohl, Herr Frick; zähle er darauf, daß ich seines Tochtermannes bester Freund bin.

Ende des ersten Aufzuges.

Zweyter

Zweyter Aufzug.

Erster Auftritt.

Molly allein.

Mein Mann kömmt nicht zurück — Was mag dieser Lord mit ihm wollen? Warum behält er ihn so lang? Die grossen Herren bilden sich ein, ein Handwerksmann hätte, wie sie, Zeit zu verlieren. Ich bin so unruhig — Er hat lang mit meinem Vater geplaudert — Was mochte er ihm wohl zu sagen haben? Aber ich weiß nicht, warum ich mich so quäle; wäre es wohl natürlich, daß ein vornehmer Herr, wie er, zu einem Handwerksmanne käme, in der Absicht, ihm zu schaden? Nein, dieß glaube ich nicht. Uebrigens habe ich niemals von diesem Lord reden gehöret; hätte er Uebels gethan, so würde es ganz London wissen. Indessen kann ich meine heftige Unruhe nicht bezwingen. Das, was uns Frank gesagt hat — Der Besuch dieses vornehmen Herrn — Ahn-

dungen

dungen — Ahndungen, worauf gegrün=
det? — Was weiß ich? — Ich bin heute
so beängstiget, als ich es in meinem Leben
nie gewesen bin: meine Thränen werden bald
ausbrechen.

Zweyter Auftritt.

Frick, Molly.

Frick. Mit wem plauderst du denn? Wie,
du bist allein!

Molly wirft sich in seine Arme. Ach, mein Vater!

Frick. Was fehlt dir? Du weinest! Wer
mag Schuld daran seyn? Deine Kinder? —

Molly. Meine Kinder befinden sich wohl;
wegen meinem Manne bin ich unruhig. Mein
Vater, ihr habt so lang mit diesem Lord ge=
sprochen, was hat er von euch gewollt?
Was hat er euch gesagt? Warum sprach er
so ins geheim mit euch?

Frick. Er hat mir gesagt, daß er meines
Tochtermannes bester Freund wäre, dieß
könnte ich gewiß versichert seyn.

Molly.

Molly. Er? nun, warum? Bey welcher Gelegenheit hat er euch dieses gesagt?

Frick. Er hat mich wegen seiner Geburt gefragt, ich habe es für meine Pflicht gehalten, ihm die Wahrheit nicht zu verschweigen; er schien, mich mit wahrem Antheil anzuhören; er hat mir gesagt, ich sollte deinen Mann zu ihm schicken, und er würde, so bald es ihm möglich wäre, zu Hause seyn. Ohne Zweifel wird er Arbeit bey ihm zu bestellen haben.

Molly. Hat er euch nichts davon gesagt?

Frick. Nein.

Molly. Dieß ist es gewiß nicht. Wenn ein vornehmer Herr einen Handwerksmann nöthig hat, so läßt er ihn holen, und kömmt er je in seine Werkstätte, so geschieht es, um seine Arbeit zu sehen, und nicht um sich aufzuhalten, seine Geschichte zu wissen, und sich um Umstände zu erkundigen, die ihm völlig unnöthig sind.

Frick. Ein grosser Herr ist ein Mensch, eben so, wie ein Schreiner; und nichts darf fremd

C 3   seyn,

seyn, was zum menschlichen Stande gehöret. Uebrigens sind die guten Sitten und die Tu= gend in jedem Stande wichtig, und ohne Zweifel habe ich durch die Erzählung der dei= nigen den Lord gerühret.

Molly. Ach, mein Vater! die Tugen= den der Grossen sind Ehrgeitz, Rache, Bluts= durst.

Frick. Diese Laster sind das Unglück des menschlichen Geschlechtes; man darf sich nicht wundern, daß man sie den Grossen vor= wirft, weil sie mehr im Stande sind, Uebels zu thun, als die andern; aber ich will dir nur unsere Königinn anführen, um dir zu bewei= sen, daß die Grossen Tugenden besitzen kön= nen; was sie bey der Eroberung von Calais gethan hat, ist eines ewigen Andenkens würdig.

Molly. Und Mortimers Liebste ließ den König, ihren Gemahl, in den schrecklichsten Quaalen umkommen.

Dritter

Dritter Auftritt.

Frick, Molly, Frank.

Frank. Ha! ich finde sie gerade zu rechter Zeit, schöne Mistriß, sehe sie, meine Freude hat den höchsten Gipfel erreichet — Wo ist denn ihr Mann? — O! ich habe euch beiden eine grosse Neuigkeit zu sagen. Wir wollen uns setzen, damit ich euch dieses erzähle. Setzet euch dahin, Papa Frick; ich bin kein kaltsinniger Freund, sehet ihr? Uebrigens seyd ihr brave Leute, und das macht immer eine ehrliche Seele, wie mich, zum Freund.

Frick. Von was ist denn die Rede, Herr Frank?

Frank. Ich bin, völlig entzückt über die Redlichkeit eures Tochtermannes, von hier weggegangen. O! das ist ein Ehrenmann. Die zehen Mark, die er mir wieder zurück gegeben hat, dieß heißt ehrlich gehandelt. Er hätte sie gar leicht behalten können, ohne daß ich es gemerkt hätte.

C 4　　　　　Molly.

Molly. Aber, Herr Frank, was finden Sie denn wunderbares darinn? Dabey darf man eben kein so ehrlicher Mann seyn, man muß nur kein Schelm seyn.

Frank. Denke sie, was sie will, aber mich hat das Ding in Verwunderung und ganz ausser mich gesetzt — Glaubt sie denn, daß man viele Handwerksleute oder Kaufleute von einer solchen Ehrlichkeit finden würde? Wenn ihr aber auch wüßtet, mit welchem Eifer ich diese schöne Handlung der Lady Lallin erzählet habe! Sie war so entzückt darüber, als ich — Sie will euch besuchen.

Molly. Uns besuchen! und warum?

Frank. O! sie besitzt eine schöne Seele, und liebt besonders die Redlichkeit. Sie will allerdings euer Glück machen; sie hat grosse Absichten wegen euch, wegen euren Kindern.

Molly. Meinen Kindern! Wie! sie weiß, daß ich Kinder habe, sie denkt an dieselbigen? Sie machen mich zittern, Herr Frank.

Frick.

Frick. Beruhige dich, meine Tochter; heute
kömmst du mir ganz verändert vor, die mindeste Sache beängstiget dich.

Frank. Der Herr Frick hat Recht, beruhige sie sich. Sie will nur euer Bestes; und,
zum Beweise, erinnert ihr euch, daß ich euch
so eben einige Worte wegen dem Vorhaben
gesagt habe, welches sie gefaßt hatte, euch
reisen zu lassen.

Frick. Nun?

Frank. Nun? Diesen Augenblick, da sie
mich anhörete, wie ich ihr von euch, von
eurer gegenseitigen Zärtlichkeit, von eurem
mittelmässigen Stande, — von eurer unei-
gennützigen Denkungsart, erzählete, wurde
sie weichherzig; ihre Seele öfnete sich der
Freygebigkeit, der Großmuth. Die guten
Leute! sagte sie zu mir; ich kann es nicht sagen, was für einen Antheil ich an ihrem
Schicksale nehme; ich will durchaus, daß sie
reisen sollen, und dieses so bald, als möglich;
ich will, daß dieser junge Mann der berühm-
teste Schreiner im Königreiche werde. Herr

Frank,

Frank, sage er es ihnen recht, daß ich es also
haben will, versteht er mich? Ich will ihnen
zwenhundert Mark jährlich geben.

Molly. Aber, Herr Frank, Ihre Antwort
war ja ganz fertig. Wir hatten sie Ihnen
diesen Morgen gesagt, Sie durften ihr die,
selbige nur wiederholen.

Frank. Freylich. Aber ihr merkt doch
wohl, daß ich mich hütete, ihr eure abschlä,
gige Antwort so grob heraus mitzutheilen.
Wolltet ihr denn, daß ich sie wider euch auf,
gebracht hätte? Die vornehmen Leute fodern
Gehorsam; und wenn sie einem zum Unglücke
wohl wollen, und er nimmt es nicht an, so
werden sie ihm bald übel wollen. O! ich habe
mich viel feiner dabey aufgeführet.

Frick. Wirklich, wenn man sich das Un,
glück, zu mißfallen, ersparen kann, so ist es
immer besser, und der Herr Frank hat ganz
wohl gethan, daß er eure abschlägige Antwort
ein wenig gemäßiget hat.

Frank. O! ich habe mir wohl besser her,
ausgeholfen, ihr werdet sehen. Ich habe ihr

zu verstehen gegeben, daß zweyhundert Mark
nur ein Bettel wären, der euch für den Verlust
dessen, was ihr hier verdient, nicht schadlos
halten könnte; so groß auch die Ehre wäre, die
sie euch durch ihre Wohlthaten und Gnaden
erwiese, die Summe doch zu gering wäre, euch
zu diesem Entschlusse zu bewegen, ob ihr gleich
freylich bereit wäret, alles zu thun, um ihr
euren Eifer, eure Ehrfurcht und eure Erkenntlichkeit zu beweisen. Ihr sehet wohl, daß ich sie
auf diese Weise nicht aufbrachte, und sie ganz
sachte darauf brachte, was ich haben wollte.

Molly. Ach! Herr Frank, welchen Dank
bin ich Ihnen schuldig! Wie kann ich er-
kenntlich seyn? —

Frank. Ach nein, sie spasset. Belohnet
mich Lady Lallin nicht für alles, was ich für
sie thue? — In diesem gegenwärtigen Falle
leiste ich ihr selbst einen Dienst; da ich mache,
daß ihr mit ihr zufrieden seyd.

Frick. Nun weiter, Herr Frank?

Frank. Endlich, da sie euer Glück immer
vor Augen hat, hat sie mir versprochen, bis
auf

auf fünfhundert Mark zu steigen, damit ihr
desto bequemer reisen könntet. Dieß ist groß=
müthig, und ich dächte bey nahe, dieß wäre
alles, was ihr wünschen könntet.

Molly bestürzt. Wie! Ist dieß, was Sie zu
unserm Besten gethan zu haben glaubten?

Frick. Aber, Herr Frank, es war doch vor=
hin nicht der geringe Werth der von der Lady
Lallin angebotenen Summe, der sie zur ab=
schlägigen Antwort bewogen hatte; es war —

Frank, der sich bestürzt stellt. Wie! Eure ab=
schlägige Antwort hatte andere Ursachen, als
den Vortheil? Ihr hättet mir also eure
Gründe sagen sollen; zu der Zeit, da ich bey
ihr war, hätte ich alles erhalten; denn sie
war in einer solchen Verfassung, daß sie euch
alles verwilliget hätte.

Molly. Herr Frank, merken Sie wohl, ich
bitte Sie darum, daß wir von niemand Hülfe
erwarten, daß wir nichts auf der Welt ver=
langen, daß uns nichts zu dem Entschlusse
bringen kann; aus unserm Vaterlande zu
ziehen; und sagen Sie der Lady Lallin nur
gerade

gerade heraus, daß wir uns so glücklich be=
finden, als es möglich ist; kurz, daß uns kein
Anerbieten, so ansehnlich es auch wäre, dazu
verleiten könne, das stille und ruhige Leben,
welches wir hier geniessen, zu verlassen.

Frank. Man muß doch einige wichtige
Ursachen angeben, euere abschlägige Antwort
darauf zu gründen; denn dieß hiesse doch
wirklich zu stark wider sie gefehlet, wenn ihr
so schlechthin ohne Ursache ein so vortheilhaf=
tes Anerbieten ausschlagen wolltet. Sie liebt
euch so sehr, daß sie sich für sehr beleidigt hal=
ten möchte, wenn sie sähe, daß ihre Wohl=
thaten euch zuwider sind.

Frick. Zuwider?

Frank. Zuwider, ja. Es sieht ziemlich so
aus. Ich bin schuldig, es euch als ein ehrli=
cher Mann zu sagen.

Molly. Sie fodern einige wichtige Ursa=
chen von mir. Hier haben Sie überzeugende.
Ich habe ein dreyjähriges Kind, ein anders,
welches ich noch an meiner Brust tränke;
wollen Sie, daß ich aus Eigennutz das Leben
meiner

meiner ganzen Familie in einem so zarten
Alter in Gefahr setze? Wollen Sie, daß
wir unsern Vater verlassen, einen siebenzig-
jährigen Greis, der immer nur auf uns und
unser Glück bedacht war; der sein äusserstes
angewandt hat, um uns eine für unsern
Stand schickliche Erziehung zu geben, und der
keinen weitern Dank von uns fodert, als uns
die letzten Tage seines Lebens hindurch in dem
ruhigen Genusse seiner Wohlthaten zu sehen?
Ja, mein Vater, ich schwöre es euch noch
einmal, und mein Mann wird mein Wort
nicht zurückziehen, niemals werden wir euch
verlassen, die Geburt und die Liebe schreiben
uns dieses Gesätz vor; aber glaubt, daß dieses letztere Gefühl allein hinreichend wäre,
wenn ihr uns auch gleich weiter nichts an-
gienget.

Frank. Ja, dieß sind Ursachen — Ihr
liebet euren Vater — Ihr liebet eure Kinder — Dieß hatte ich vorher gesehen. Ich
habe es zum voraus für euch meiner großmüthigen Gebieterinn gesagt, aber es hat sie
nicht

nicht zurück gehalten; sie will für eure Kinder sorgen, sie will die Aufsicht derselben über sich nehmen, und sie mit ihrem Sohne erziehen lassen, den sie zärtlich liebet. In Ansehung des guten Papa, ist sie überzeugt, daß, da er bequem reiset, die Veränderung der Luft ihm sehr zuträglich seyn, und daß die mancherley Zerstreuung ihm das Leben um ganze Jahre verlängern wird. Was wollt ihr? Sie sieht die Sache einmal also an, mein Fehler ist es nicht. Was zum Henker kann man demjenigen für Einwendungen machen, der alles für einen thut, und so eifrig wünscht, einen glücklich zu sehen?

Frick. Aber, Herr Frank, alles, was Sie mir da sagen, kömmt mir unbegreiflich vor.

Frank. Ihr könnet heute noch die Versicherung davon haben.

Molly. Und wie?

Frank. Sie erwartet euch heute Abend, wenn alle eure Gesellen fort seyn, wenn ihr keine Befehle mehr zu geben haben, kurz, wenn ihr frey seyn werdet; sie zählet darauf, daß

ihr

ihr alle kommen werdet, sie zu besuchen, ihr
zu danken, mit einander die nöthigen Anstalten
zu treffen; daß ihr ihr euere Kinder mitbringen
werdet; ihr könnet ihr es nicht versagen; sie
verlangt es, sie zählet darauf, und — (zur
Molly.) Sie wird doch hinkommen, nicht wahr?

 Molly verlegen. Ich werde meines Vaters
und meines Mannes Willen thun.

Frank. O! sie werden es wollen, sie werden es gewiß wollen; das wäre zu merklich.
Ich rede als ein guter Freund mit euch; belei-
diget ihren Stolz nicht; dieß ist der kitzlichste
Fleck bey vornehmen Leuten — Sie hat
mächtige Freunde; sie ist eine Frau, die nicht
will, daß ihr die Unternehmung einer guten
Handlung fehlschlage — Und wenn sie ungefehr einen Befehl zu erhalten suchte, euch wider euren Willen reisen zu machen — Höret,
sie ist großmüthig, sie ist freygebig, aber sie
ist auch heftig.

Molly. Das Unglück ist eine Probe, welche
der Tugend selten fehlet ; ich hoffe von dem
Himmel die Gnade, sie zu ertragen.

                                        Frank.

Frank. Allenfalls habe ich euch gewarnet; ich habe alles zum Besten zu kehren geglaubt. Denket der Sache ernstlich nach, ich habe keinen andern Vortheil vor Augen, als den eurigen. Ich kann nicht länger bleiben; ich habe Geld von ihr zwo dürftigen Familien zu bringen. Auf heute Abend, bis dahin werdet ihr euch berathschlagen. (bey Seite, indem er fortgeht.) Hum! ich fürchte sehr, man wird zu den grossen Mitteln schreiten müssen. (er geht ab.)

Vierter Auftritt.

Frick, Molly.

Molly. Dieß sind also die Tugenden der Grossen! Sogar bis in ihren Wohlthaten sind sie Tyrannen, nichts soll ihnen widerstehen, sie wollen, daß man ihnen das Leben der Greise und der Kinder aufopfere, ohne sich darüber Vorwürfe zu machen.

Frick. Irgend eine geheime Ursache bewegt sie zu dieser Handlung.

Molly. Gewiß, mein Vater; und wenn sie uns bekannt wäre, so würden wir die ganze

D   Nieder

Niederträchtigkeit ihrer Seele unter dem äuſ-
ſerlichen Scheine ihrer Großmuth verſteckt
ſehen.

Frick. Wir müſſen uns indeſſen dazu ent-
ſchlieſſen, ihr zu gehorchen, ſonſt wird ſie ihre
Drohungen in Erfüllung ſetzen.

Molly. Und mein Mann verl⬛t uns in
dieſen grauſamen Augenblicken!

Frick. Dieß iſt vielleicht ein Glück; ſeine
Empfindlichkeit, die er nicht würde haben bezwingen können, würde vielleicht gemacht
haben, daß er in ſeinen Antworten nicht ſo
gelind und zurückhaltend geweſen wäre, als
du.

Molly. Wie, mein Vater! wolltet ihr ihm
verhеelen, was ſo eben vorgegangen iſt?

Frick. Nein, gewiß nicht. Ich muß ſogar
mit ihm die Maaßregeln nehmen, um die
Wirkungen der Bosheit dieſes Weibes zu
vermeiden. Aber überlaſſe mir die Sorge,
ihm dieſe Nachricht zu ertheilen.

Molly. Hier iſt er.

Fünfter

Fünfter Auftritt.

Thomas sauber angekleidet, **Frick, Molly.**

Molly. Wie du dich nun erhitzet hast, mein Schatz! Warum kömmst du denn so geschwind zurück?

Thomas. Um dich eher wieder zu sehen, liebe Molly.

Frick. Nun, was wollte der Lord von dir?

Thomas. Er ist nicht wieder nach Hause gekommen, ich habe ihn nicht gesehen.

Molly. Das war wohl der Mühe werth, dich einen ganzen Morgen verlieren zu machen.

Thomas. Ich wollte wetten, daß die Schuld nicht an ihm liegt. Uebrigens, wer läßt uns wohl nicht warten? Aber er hat mir sagen lassen, daß er länger aufgehalten würde, als er geglaubt hätte, ich möchte nur wieder nach Hause gehen, und ihn in meiner Werkstätte erwarten, wo er mich wieder antreffen wollte.

Molly. Welch wichtiges Geschäft kann er denn mit dir auszumachen haben?

D 2 **Thomas.**

Thomas. Ich weiß es nicht, aber ich glaube etwas Gutes. Ein vornehmer Herr, der so leutselig, so menschenfreundlich, von seinen Bedienten so geliebt ist, wie er, suchet einen Menschen von meinem Stande nicht ohne grosse Ursachen auf.

Molly. Es ist genug, daß es der Lady Lallin Bruder ist, so setze ich schon alles Miß-trauen in ihn.

Thomas. Ach, welch ein Unterschied! Wenn du sähest, mit welcher Liebe, mit wel-chem Eifer er bedienet wird; wie seine Leute sogar in seiner Abwesenheit mit ihm beschäfti-get sind, wie sie suchen, ihm mit allem zuvor zu kommen, was ihm gefallen möchte, mit welcher Zärtlichkeit sie von ihm reden. Seine Bedienten sind lauter Leute, die oder deren Eltern seinem Vater gedienet hatten; und wenn die Beförderungen, die er einigen unter ihnen nach ihren Gaben verschaffet hat, ihn zwingen, neue anzunehmen, so bleiben sie entweder nicht lang oder sie bilden sich bald nach den vorigen.

Molly.

Molly. So geht es nicht bey der Lady Lallin zu; diese verändert ihre Bedienten, wie man sagt, verschiedene male des Jahrs.

Thomas. Es ist wahr. Nur den Frank weiß ich, der seit bey nahe zwey Jahren da geblieben ist.

Molly. Ich wollte wohl die Ursache sagen, aber du möchtest mir vorwerfen, daß ich boshaft wäre.

Frick. Weil du doch den Lord erwartest, so flehe ihn um seinen Schutz wider seine Schwester an, welche uns durch ihren Agent, den Herrn Frank, zum voraus hat ankündigen lassen, daß sie einen Befehl erhalten würde, der uns zwänge, England zu verlassen, wenn wir die fünfhundert Mark jährlich nicht annehmen wollten, die sie uns von neuem hat anbieten lassen, um uns zu entfernen.

Thomas. Aber welchen Bewegungsgrund kann sie haben? Hat euch Frank nichts merken lassen? —

Molly. Sie will für unsere Kinder sorgen; sie will, daß wir heute Abend mit ihnen zu

D 3   ihr

ihr kommen; sie erwartet uns — Wirst du
sie hinführen, mein Schatz?

Thomas. Ihr Anerbieten, aus welcher
Quelle es auch fliessen mag, verdienet unsern
Dank. Wir können uns nicht davon befreyen;
sie ist von einem Stande, der unsere Ehrfurcht
verdienet.

Molly. Wir wollen nicht hingehen, wenn
du mir glauben willst. Die Tugend ist mir
verehrungswürdig, aber niemals der vor=
nehme Stand.

Thomas. Diese Regel ist zu scharf, liebe
Molly; der Unterschied der Stände ist kein
leerer Traum.

Molly. Wir erfahren es wohl, er ist eine
Grausamkeit.

Thomas. Du irrest noch, indem du den
Misbrauch für die Sache selbst nimmst.

Sechster

Sechster Auftritt.

Lord Riston, Frick, Thomas, Molly.

(Dem Lord Riston folgt einer von seinen Leuten nach, der ein Kistchen trägt, und, nachdem er ihm solches zugestellet, wieder fortgeht.)

Lord Riston. Es ist mir sehr leid, daß ich euch eine vergebliche Mühe gemacht habe, Herr Thomas; aber Umstände, die der Gebrauch nothwendig gemachet hat, und die ich nicht vorhersah, haben mich bis itzt aufgehalten.

Thomas. Sie sind gar zu gütig, Milord.

Lord Riston. Man gebe mir dieses Kistchen. Setzt euch zu mir an diesen Tisch. Wir wollen uns setzen. (Sie sehen einander an, und unterstehen sich nicht, sich niederzusetzen. Der Lord winkt es ihnen zweymal zu; bey dem letztenmale gehorchen sie.) Setzet euch nieder, ich bitte euch. Dieses Kistchen ward bey den Fündlingskindern hinterlegt, und enthält die Beweise eures Standes.

Molly. Was höre ich?

Thomas. O Himmel!

D 4   Lord

Lord Riston. Leset die Aufschrift.

Thomas liest. „Dieses Kistchen soll nur
„ dem Lord Kiston in eigener Person, und,
„ wenn er sterben sollte, seinem nächsten Er-
„ ben zugestellet werden.‘ Eintausend drey-
„ hundert und zwanzig. “

Frick. Aber, Milord, da waren Sie kaum
auf der Welt?

Lord Riston. Von meinem Vater ist die
Rede. Ihr werdet bald erfahren, warum es
nicht eher zurückgenommen worden ist. Hier
ist nun der Brief, den ich unter meines Vaters Schriften gefunden habe, und dessen Ab-
schrift in dem Kistchen liegt; leset ihr das eine,
Herr Thomas , ich will das andere eurem
Schwiegervater geben.

(Er giebt dem Thomas den Brief, den er aus seiner Tasche
gezogen hat, alsdann öfnet er das Kistchen, und
giebt den daraus genommenen Brief dem Frick.)

Thomas liest. „ Die letzte Staatsverände-
„ rung lehret mich, mein lieber Lord, was ich
„ zu befürchten habe; und die Schwachheit
„ des Königs, für welchen wir uns aufopfern,
„ mein

„ mein Vater und ich), iſt wenig fähig, mir
„ Muth einzuflöſſen. Ich ergreife einen äuſ⸗
„ ſerſten Entſchluß, um dasjenige zu retten,
„ was mir am liebſten auf der Welt iſt. Ich
„ überrede die Lady, als wäre ihr einziger
„ Sohn geſtorben, und ich laſſe ihn bey den
„ Fündlingskindern unter dem Namen Tho⸗
„ mas erziehen, anſtatt des Namens Hugo,
„ der ihm in der Taufe beygeleget worden
„ iſt; wenn wir den Frieden in England
„ zu Stande bringen, ſo werde ich ihn bald
„ wieder herausnehmen; ſollten die Unruhen
„ zunehmen, wie ich es vorherſehe, und ſoll⸗
„ ten wir in denſelbigen erliegen, ſo empfehle
„ ich ihn Ihrer Freundſchaft. So ſehr auch
„ ſeine Erziehung möge vernachläſſiget worden
„ ſeyn, ſo wird er immer genug wiſſen, ſein
„ Vaterland zu vertheidigen; und unſer Bey⸗
„ ſpiel ſoll ihn lehren, die Gefahr ſeines Le⸗
„ bens nicht zu fürchten, um ſeinen Herren
„ getreu zu ſeyn. Sie werden in dem Kiſtchen,
„ welches ich in das Fündlingshaus habe tra⸗
„ gen laſſen, die Abſchrift dieſes Briefes finden,
D 5   „ wie

„ wie auch meinen Heyrathsvertrag mit der
„ Lady Clare, Nichte des Königs, und einige
„ Edelgesteine, die er brauchen kann, wenn
„ er nichts von unsern Gütern erbet. Hugo
„ Spencer, Sohn, Graf von Glocester. "

Frick. Es ist vollkommen der nemliche
Inhalt.

Lord Kiston. Sie sind der Sohn und der
Erbe des Grafen von Glocester, folglich Lord
seit Ihrer Geburt.

Molly. Ach, Milord! ist es wohl möglich?
Was haben wir Ihnen nicht zu verdanken!

Thomas. Milord, welche Erkenntlichkeit
sind wir Ihnen schuldig!

Lord Kiston. Nun ist es meine Pflicht,
Ihnen Rechenschaft von der Ursache zu geben,
die mich verhindert hat, Sie eher zurück zu
nehmen. Mein Vater war ein vertrauter
Freund von dem Ihrigen, Sie können es aus
dem Briefe schliessen, den Sie so eben gelesen
haben; er ward nach der Eroberung von
Bristol mit in seiner Ungnade begriffen, und
von der Königinn nach Guyenne verwiesen.

Er

Er hatte öfters um seine Zurückberufung an
halten laſſen, ohne ſie zu erhalten; ich ſuchte
eine Stelle in dem Kriege, den der junge
König Eduard in Frankreich und Britannien
führete; er ſah mich oft, beſonders zu Crecy
und zu Calais, wo mich einige ausnehmende
Thaten bekannt machten; er erlaubte mir,
nach London zurück zu kommen, gab mir den
Titel als Lord wieder, den mein Vater, welchen ich kurz zuvor verloren, immer geführet
hatte; nun mußte ich ſeine Erbſchaft in Ordnung bringen. Ich fand dieſen Brief unter
ſeinen Schriften; ich eilete, ſie zu ſuchen,
ſobald ich hier ankam, und vor allem die
Wahrheit der Geſchichte zu beſtätigen, um
Ihnen keine vergebliche Freude zu machen.

Molly. Wie zufrieden bin ich, mein lieber
Schatz! Nun werden wir bald im Stande
ſeyn, alle das Gute zu thun, dazu wir Gelegenheit finden werden.

Thomas. Ach! daran erkenne ich dich,
meine liebe Molly; dieß iſt die erſte Ausrü-
fung einer empfindungsvollen Seele. Ja,
wir

wir werden andere glücklich machen; dieß ist
der schönste Theil des vornehmen Standes.
Wir kennen die Armuth, sie wird uns rühren;
wir haben Kummer gefühlet, wir werden jenen
leicht glauben, den unsers Gleichen ausstehen.

Frick. Willst du mir in dieser Sache glauben, Thomas?

Thomas. Ihr wißt, daß ich dieses immer
für meine Pflicht gehalten habe.

Frick. Behalte diese Edelgesteine, um dir
ein bequemes Leben zu verschaffen, und wirf
den Heyrathsvertrag und das Kistchen in die
Themse. Du wirst bald einen verabscheueten
Namen tragen. Sieh das Ende deines Vaters und deines Großvaters, und welche Belohnung sie für ihren Eifer in dem Dienste des
Königs erhalten haben. Sieh deinen Vater
in dem Schoose der Gunst für seine Tage zittern, und gezwungen seyn, dich zu verbergen,
und dich unter den verachtetsten, unbekann-
testen Kindern des Volkes erziehen zu lassen.
(Er deutet auf den Lord Kiston.) Sieh, Milord, sein
Vater war ein Freund von dem deinigen, er
                                            ist

ist mit in seiner Ungnade begriffen; nach zwanzig Jahren hat er nicht einmal die Freyheit, die der geringste Engländer genießt, und würde vielleicht noch nicht in der Hauptstadt seyn, wenn nicht ein glücklicher Umstand den König hätte sehen lassen, was er an einem Unterthane, wie er ist, verlöre. Mein Freund, die grossen Stellen sind für die grossen Leute; aber die grossen Bekümmernisse sind auch für sie. Vergleiche deinen geringen aber ehrlichen Stand mit dem Stande eines Lords, du wirst allen Vortheil auf deiner Seite finden. Geht dir das Nothwendige ab? Zitterst du für deine Kinder? Bist du unglücklich in deiner Haushaltung? Nein, wirst du mir sagen. Je nun, mein Freund, dieß sind die wahren Güter; die übrigen sind nur ein Blendwerk, das der Stolz und die Eitelkeit erfand.

Molly. Mein Vater, da ihr mir einen Mann gabet, sah ich nicht auf die Geburt, ihr wißt es. Mein Herz eilte eurer Wahl entgegen, und ich sah nur auf seine Liebe und auf seine guten Eigenschaften. Der Sohn eines

Lord

Lord kann sich bey einem Schreiner befinden, Thomas ist ein Beweis davon; aber er ist ein Niederträchtiger, wenn er da bleibt. Er ist sich selbst, seinem Könige und seinem Vater= lande Rechenschaft von allem dem Guten schuldig, das er hätte thun sollen. Nun darf er sich nicht mehr ansehen, sondern die Stelle, in die er versetzet worden ist, die Pflichten, die er zu erfüllen verbunden ist, und das Volk, unter welchem ein jeder die Augen auf ihn heftet. Wißt ihr denn, ob nicht Thomas Spencer die Verbrechen seiner Väter vergessen machen wird, ob er nicht Englands Held seyn wird, so wie jene seine Tyrannen waren? Die Laufbahne, welche sich vor ihm öfnet, ist freylich mühsam, aber er zeiget sich auf derselbi= gen mit Vortheil, und wir können ihre Schran= ken nicht sehen. Geh, mein lieber Mann, betritt sie mit Vertrauen; eile, wohin dich die Ehre rufet; sey eine Stütze des Staates und der Ge= sätze. Wenn ich nach deinen Tugenden ur= theile, so wirst du bald denjenigen gleich seyn, die jemals die Größten in England waren.

Lord

Lord Riston. Sie hat Recht, schöne Miſtriß; übrigens hat man von den Verbrechen der Spencers nach ihren Strafen geurtheilet, und man hat alle die Eigenſchaften vergeſſen, die ſie lobenswürdig machten.

Frick. Aber es gehören auch noch Mittel dazu.

Lord Riston. Ich zweifle nicht daran, daß ihm der König alle ſeine Güter wird wieder‑ geben laſſen, ſobald er wiſſen wird, daß er lebt, und ich werde mein ganzes Anſehen an‑ wenden, um ſie ihm zu verſchaffen.

Molly. Es ſind alſo keine Schwierigkeiten mehr dabey. Sein Glück wird ſeiner Geburt gleich ſeyn, wenn es dem Lord gelingt.

Frick. Keine Schwierigkeiten mehr! Ich ſehe noch grauſame vor, mein Kind. In dieſem Augenblicke ſiehſt du nur die Erhebung deines Mannes. Dich rührt nur das Ver‑ langen, alle das Sanfte derſelben auf dich zurück flieſſen zu ſehen.

Molly. Ich vertheidige mich nicht, mein Vater; aber ſollte ich auch das Opfer da‑

von

von ſeyn, ſo würde ich es nicht anders
rathen.

Lord Riſton. Das iſt es eben, was Sie
vielleicht zu befürchten haben.

Thomas. Was ſagen Sie, Milord? Ich,
ich ſollte das Unglück meiner lieben Molly
verurſachen!

Lord Riſton. Ich will es Ihnen nicht ver-
heelen, daß ich befürchte, Sie möchten dazu
gezwungen werden. Ein Lord darf nicht ohne
Erlaubniß des Königes heyrathen. Folglich
iſt, den Geſetzen gemäß, Ihre Ehe ungültig.
Uebrigens kann die Tochter des Thomas Frick,
eines Schreiners, ſo tugendhaft, ſo vernünftig, ſo verehrungswürdig ſie auch iſt, ſich
nicht für den Lord Spencer ſchicken. Es giebt
kein Beyſpiel von einer Misheyrath in dem
Königreiche; urtheilen Sie nun ſelbſt, ob
man an Ihnen anfangen wird, ſie zu geneh-
migen.

Molly. Ach, Himmel! was ſagen Sie uns?

Frick. Dieß iſt es eben, meine Tochter,
was ich dir nicht zu erkennen zu geben wagte.
Wie

ein Schauspiel in drey Aufzügen. 65

Wie wird dein Schicksal werden? wie das
Schicksal deiner Kinder?

Molly. Ach! mit welchem Streiche haben
Sie mich itzt niedergeschlagen? Aber nein,
Milord zeigt uns itzt nur noch Furcht. Wenn
der König die Begebenheit wissen wird, die
meinem Manne seinen Stand wieder giebt;
wenn er die gesätzmässige Richtigkeit unserer
Verbindung erfahren wird; wenn man ihm
endlich sagen wird, daß ich Mutter bin, so
wird er uns nicht mehr trennen wollen; er ist
selbst Gemahl und Vater. Aber wenn es auch
sogar, wider mein Hoffen, durchaus seyn
müßte, ja so würde ich darein willigen. Geh,
lieber Thomas, folge unserm tapfern Monar-
chen auf dem glänzenden Wege, den ihm sein
Muth gebahnet hat; geh, theile mit ihm die
Lorbern, die ihn krönen. So wie der Lord
durch die Stärke seiner Tugenden sein Vertrauen und seine Wohlthaten verdienet, so
soll sein Beyspiel deine Regel seyn; indem sein
Vater in einer wenig verdienten Verweisung

E   schmach-

schmachtet, strebt er nach der Ehre, sein Blut
für sein Vaterland zu vergiessen, und zwingt
es durch seine Tapferkeit, sein erlittenes Un=
recht zu vergüten. So mußt du dich aufführ=
ren, dieß ist dein Muster. Wolltest du wohl
vor einem deines gleichen erröthen?

Thomas. Liebe Molly, ich würde vielmehr
erröthen müssen, wenn ich ein grausamer Gatte
und ein unmenschlicher Vater wäre. Milord,
Ihre Erhebung ist zu theuer um diesen Preis.
Ich bin durch das heiligste Band verbunden,
nichts wird es zerreissen können, als der Tod.
Dieser verehrungswürdige Greis, der mehr
mein Vater ist, als jener, welcher mich ver=
lassen hat, nachdem er mir das Daseyn ge=
geben, hat alles für mich gethan; er hat mich
aus dem schändlichen und elenden Zustande
gezogen, in welchem ich vergessen ward. Er
hat sein Brod mit mir getheilet, das er nur
mit dem Schweisse seiner Stirne verdiente,
ohne zu wissen, ob ich es ihm einst würde
wieder geben können; endlich hat er mir seine
einzige

einzige Tochter gegeben, in der Hoffnung, daß
ich sie glücklich machen und die Stütze seines
Alters werden würde. Der Himmel hat diese
glückliche Verbindung gesegnet, und seit vier
Jahren bin ich Vater von zween Söhnen;
und Sie wollen, Milord, daß ich so viele, so
grosse Wohlthaten vergessen, meinen Schwiegervater verlassen, meinen Kindern ihren
Stand rauben, und meine Gattinn entehren
soll? Nein, Milord, wir wollen dieses trau-
rige Geheimniß in der Familie behalten, und
es bleibe ganz England unbewußt, daß ein
Abkömmling von dem unglücklichen Spencer
lebt.

Molly traurig. Was sagst du, mein Schatz,
mich entehren? Ich kann weder vor dem
Richterstule des Himmels strafbar, noch vor
den Augen der Menschen niederträchtig seyn.
Wenn ich die einzige wäre — Aber, Milord,
verzeihen Sie; ich bin Mutter — Ach,
Milord! die Kräften verlassen mich — Ich
erlaube nur noch ein Wort — vollenden Sie,
was Sie angefangen haben.

E 2

Lord

Lord Riston *steht auf.* Es ist meine Schul=
digkeit, schöne Mistriß, und ich werde nichts
versäumen, Ihr allerseitiges Glück vestzu=
setzen.

Molly. Denken Sie nicht an mich, Milord.
Mein Schicksal mag ausfallen, wie es will,
so wird man mich niemals darüber klagen
hören.   Aber, Milord, meine Kinder —
meine Kinder —

Thomas. Sey ruhig, meine Liebe, das
erste Gesätz ist die Menschenliebe; es lebt
keiner, der sie zerstören kann, und wenn
es Herzen gäbe, die grausam genug wä=
ren, ihre Stimme zu verkennen, so erhebt
sich die Seele eines Vaters über alle Macht.
Milord, Sie kennen die meinige.   Man
kann meinen Stand nach Gutdünken ein=
richten; aber man wird mich niemals dazu
bringen, daß ich den Stand meiner Kinder
verändere.

Lord

Lord Riston. Seyen Sie versichert, daß es meine Schuld nicht seyn wird, wenn nicht alles zu Ihrem größten Vergnügen ausfällt.

(Molly wirft sich auf die Hand des Lord, ohne etwas zu reden, er leidet es mit einem Zeichen der Liebe und des Antheils, welche Miene dieser trostlosen Familie alles zu versprechen scheint; Thomas nimmt ihm die andere Hand, und sie begleiten ihn zurück, indem sie einen stummen Schmerz merken lassen.)

Ende des zweyten Aufzuges.

Dritter

~~~~~~~~~~~~~~~~~~~~~~~~~~~~~~~~~~~~

Dritter Aufzug.

Erster Auftritt.

Thomas kömmt allein, tiefsinnig, unruhig, geht
hin und her, und sagt einige Worte, ohne daran
zu denken.

Vergiß deine Frau — (er geht auf und ab.)
vergiß deine Kinder — (er geht noch auf
und ab ; hernach setzet er sich wie aus Zerstreuung, und
sagt:) Wie, wenn man auch die Seele veräu-
dern könnte, wenn man den Stand verändert!
(Er steht wieder auf, und setzt sich in einer Ecke der Bühne
nieder, so daß Frick im Hereinkommen ihn nicht gleich sehen
kann.)

Zweyter Auftritt.

Thomas, Frick.

Frick. Wo kann mein Tochtermann hingegangen seyn? er ist auf einmal vom Tische
aufgestanden, und hat uns verlassen, ohne
etwas zu sagen — Jonas — Jonas —

Dritter

Dritter Auftritt.

Die vorigen, Jonas.

Jonas, noch in der Entfernung. Herr! —
(er kömmt.) Da bin ich, Herr.

Frick mit einem geheimnißvollen Tone. Höre, Jo=
nas. Was sagte meine Tochter da inne, da
sie ganz leise redete?

Jonas auch in dem nemlichen Tone. Ihr wißt ja
wohl, daß sie anfieng zu weinen, da sie ihre
Kinder ansah. Gerade in dem nemlichen
Augenblicke stund Herr Thomas von Tische
auf; sie glaubte, ihre Thränen hätten ihn be=
wogen fortzugehen, und sie sagte ganz leise,
sie hätte Unrecht, daß sie weinete, und sie
wollte itzt ihren Schmerz zu verbergen suchen,
weil er ihm so nahe gienge.

Frick. Und wo ist er denn, dein Meister?

Jonas. Er ist wieder durch die Werkstätte
hinein gegangen. (Indem er ihn gewahr wird, und
ihn dem Frick zeigt.) Hier! seht, seht. (er geht ab.)

Vierter

Vierter Auftritt.

Frick, Thomas.

Frick. Ha! bist du hier? (Thomas steht auf.) Komm doch, und setze dich wieder zu Tische, mein Freund, du hast nicht zu Nacht gegessen.

Thomas. Ich habe keinen Hunger, mein Vater.

Frick. Dieß ist das erstemal, daß ich die Traurigkeit und den Ekel an unsern Mahlzeiten gesehen habe.

Thomas. Ich war kein Lord.

Frick. Komm denn, deine Frau erwartet dich.

Thomas. Meine Frau — Sie durchbohret mir das Herz, meine arme Frau.

Frick. Sie würde selbst gekommen seyn, dich zu suchen, aber sie ist bey ihren Kindern.

Thomas. Bey ihren Kindern — bey den meinigen, mein Vater.

Frick. Ach, mein Sohn — du hast sie gesehen, und hast sie verlassen, ohne ihnen etwas zu sagen.

Thomas.

Thomas. Ich war bestürzt, ich dachte —

Frick. Komm denn, du hast ihnen nicht die mindeste Liebkosung erwiesen.

Thomas. Dieß sind die ersten Früchten der Reichthümer und des vornehmen Standes.

Frick sieht durch den Gang. Ich höre ein Geräusch. Es ist ein Bedienter des Lord Kiston.

Fünfter Auftritt.

Molly, Thomas, Frick.

Molly. Mein Schatz, hier ist ein Brief, den einer von den Leuten des Lords dir sehr eilends bringt.

Thomas bedenkt sich, ob er den Brief aufbrechen will. Dieser Brief wird also itzt unser Schicksal entscheiden.

Molly. Er kann auch dein ganzes Glück verursachen. Gieb ihn her, ich will ihn lesen, er würde uns nicht so geschwind schreiben, wenn er uns schlechte Nachrichten mitzutheilen hätte.

E 5   Thomas.

Thomas. Hier hast du ihn, möchtest du dich nicht betrügen.

Molly liest. „ Ich habe mit dem Könige „ gesprochen, mein lieber Lord; “ (indem sie sich in die Rede fällt.) Mein lieber Lord, dieß Wort hat eine gute Vorbedeutung. (Sie fährt fort zu lesen.) „ Er war recht froh darüber, daß noch „ ein Erbe aus einem Hause lebte, welches „ seinem Vater mit so grossem Eifer gedienet „ hat. Er giebt Ihnen Ihren Stand und „ Ihre Güter wieder; was Ihre Heyrath „ betrift, so ist diese von Rechtswegen un= „ gültig, und was ich ihm auch hierüber habe „ sagen können, verhindert mich nicht zu „ glauben, daß er sie für nichtig erklären lassen „ wird. “ Ach! Himmel! (Sie läßt den Brief fallen, und fällt selbst auf einen Strohsessel, den sie auf den Frick umwirft, welcher sie wieder aufhebt.)

Frick. Ach! meine Tochter!

Thomas läuft zu ihr, und hebt sie in seine Arme auf. Liebe Molly, ich hätte diese Begebenheit vor= hersehen, und dich diesen leidigen Brief nicht lesen lassen sollen.

Molly.

Molly. Ich konnte meinen plötzlichen Schrecken nicht zurückhalten, Milord, denn ich kann Ihnen keinen andern Namen mehr geben.

Thomas. Ach, Molly! ich bin immer dein Geliebter und dein Gatte — Verwünscht sey jeder vornehme Stand, wenn man ihn auf Kosten dieser heiligen Rechte kaufen muß.

Molly. Laß uns nicht eitle Träume täuschen, mein lieber Freund, das größte Glück, das dir itzt wiederfahren kann, ist, mich zu vergessen. Erinnere dich nur an deine Kinder, sie werden mein einziger Trost an dem Zufluchtsorte seyn, den ich mir einsam wählen werde. Sie werden mir immer dein Bild vorstellen. Möchten sie einst deine Tugenden nachahmen.

Thomas. Liebe Gattinn, ich wage es noch, zu hoffen. Vielleicht hat der Lord dem Könige das Glück unserer Verbindung nicht lebhaft genug geschildert; vielleicht wird er uns zu einer andern Zeit gewähren, was er heute versagt. Sollte er wohl, wenn ich mich ihm

nähere,

nähere, im Stande seyn, das Unglück meines
Lebens verursachen zu wollen.

Frick. Ich will dir keine Vorwürfe machen,
meine liebe Molly; aber wie manchen Kum=
mer hätteſt du dir erſparet, wenn du deinen
Mann meinem Rathe hätteſt folgen laſſen!

Molly ſteht auf. Ich würde ihn noch daran
hindern, mein Vater; nicht um mit einer
eitlen Unempfindlichkeit zu pralen, welcher
niein Herz widerſpricht, ſondern um meinen
Gatten in ſeiner wahren Stelle zu ſehen; wir
werden endlich die einzigen Unglücklichen in
England ſeyn, die es durch ihn geworden
ſind, und ich werde jeden Mund von ſeinem
Lobe ertönen und ſeine Wohlthaten kund ma=
chen hören. Ich geſtehe es, dieſer einzige
Gedanke tröſtet meine Seele, erhebt ſie und
verleiht mir die Stärke, mein Unglück zu er=
tragen. Ja, mein lieber Thomas, giebt es
alsdann noch ein Glück für mich, wenn ich
dich nicht mehr ſehen werde, ſo wird es dieſes
ſeyn, zu hören, daß du ſie rechtfertigeſt.

Thomas. Ach! Molly.

Frick.

Frick. Meine Kinder, warum betrübt ihr euch über Zufälle, die noch ungewiß sind? Laßt uns mit Vertrauen und Demuth dasjenige erwarten, was dem Könige gefallen wird, über unser Schicksal zu befehlen.

Sechster Auftritt.

Frank, Molly, Frick, Thomas.

Frank. Ihr seht mich in der größten Betrübniß. Ich hatte es euch vorher gesagt. Lady Lallin ist rasend aufgebracht, nachdem ich ihr erzählet habe, daß ihr ihre Geschenke nicht annehmen wollet. Da sie nun selbst gesehen, daß ihr nicht einmal heute Abend mit euren Kindern gekommen seyd, ihr dafür zu danken, wie sie es hoffete, so hat sie itzt einen Befehl erhalten, euch mit eurer ganzen Familie nach Calais bringen zu lassen, und diesen Augenblick wird man kommen, diesen Befehl zu vollziehen.

Molly.

Molly. Ich hatte mich wohl geirret, da ich glaubte, mein Unglück hätte seinen höchsten Gipfel erreichet!

Thomas. O, meine liebe Molly! fühlest du unser Glück? Wir werden nicht getrennet werden. Herr Frank, die Lady eile, uns diesen Befehl ankündigen zu lassen, man wird uns reisefertig finden. Geh, liebe Frau, geh, hole, was für dich und deine Kinder uns umgänglich nothwendig ist, und laß keine Verzögerung bey unserm Gehorsam finden. Mein Vater wird uns in einigen Tagen nachfolgen, wenn er unsere Sachen in die nöthige Ordnung gebracht haben wird — So giebt es denn Verfassungen, in welchen die Landesverweisung eine Gnade ist.

Molly. Wie, du willst —

Frick. Ja, meine Tochter, er muß als ein Mann handeln. Wenn man zur Wahl zwischen den Vorurtheilen und der Natur gezwungen wird, so hat jede fühlbare Seele nur einen Entschluß zu ergreifen.

Frank.

Frank. Aber, höret, ihr könntet euch einige Zeit lang verstecken, man würde vielleicht ein Mittel finden, die Lady zum Nachgeben zu bewegen.

Thomas. Ich, mich verstecken! Dieser Befehl erfüllet alle meine Wünsche. Nicht ruhig erwarte ich ihn, aber freudig. So geh denn, liebe Molly; du wirst nicht frühe genug fertig seyn.

Molly. Bedenkest du es wohl, mein lieber Thomas?

Thomas. Wie? ob ich es bedenke? In der Verfassung, in welcher wir sind, war dieses das Glücklichste, was uns wiederfahren konnte.

Molly. Ich sehe es, dein Entschluß ist gefaßt. Ich muß den meinigen fassen.

(Sie hebt den Brief auf, den sie hatte fallen lassen, da sie in Ohnmacht gesunken war, und geht ab.)

Siebens

Siebenter Auftritt.

Frank, Thomas, Frick.

Frank. Aber warum trotzt ihr dem Sturme, da ihr ihn noch abwenden könnt?

Thomas. Ich sehe, Sie wollen, die Lady von einem Verbrechen zu retten, daß wir durch eine freywillige Flucht ihr die Schande erspareten, uns einen Befehl ankündigen zu lassen, den sie nach einer falschen Aussage von dem Könige erhaschet hat; aber durch einen unvermutheten Zufall ist uns sogar ihre Falschheit nützlich. Also, Herr Frank, wenn sie Sie hieher geschicket hat, um auf die Wirkung zu lauren, welche diese Nachricht in uns hervorbringen würde, so können Sie, der Sie ein Zeuge davon gewesen sind, nur hingehen und ihr Rechenschaft davon abstatten.

Frank. (bey Seite.) Der Teufelskerl kann hexen. (laut.) Ihr habt einen sonderbaren Begriff von meiner Redlichkeit, Herr Thomas.

Frick. Sie sind also ein Verräther an der Lady, indem Sie hieher kommen, uns ein

Geheim-

Geheimniß zu offenbaren, welches wir nicht
eher, als in dem Augenblicke der Vollziehung
erfahren sollten.

Frank. Dieß ist eben die ganze Sache.
Ich habe euch bey der Lady kennen gelernet,
ich habe euer Schicksal bedauert, und ich habe
geglaubet, euch durch Ueberbringung dieser
Nachricht einen Dienst zu leisten.

Frick. Welches Vertrauen könnten wir
wohl in ihn setzen? Er gestehet selbst, daß
er noch verachtungswürdiger ist, als du ihn
vermuthet hattest.

Frank. Ihr glaubet also, Herr Frick, daß
man unempfindlich zusehen kann, wie die
Tugend unterdrücket wird?

Thomas. Ein anderer als ich würde vielleicht sagen: Ja, wenn man Ihnen ähn-
lich ist.

F   Achter

Achter Auftritt.

**Frank, Frick, Thomas, ein Unter-
officier, zween Gefreyte.**

Frank. Aber man bringt den Befehl des
Königs; (zum Unterofficier.) Herr, stelle er seine
Leute so, daß niemand herein noch hinaus
komme. (zum Thomas.) Und ihr, macht euch
fertig, zu gehorchen.

Thomas. Itzt änderst du die Sprache, da
du deine Bosheit von einem verehrungswür-
digen Befehle unterstützet siehst. Wenn ihn
etwas entehren könnte, so wäre es, daß man
dich sieht das Werkzeug desselbigen seyn.

Frick. Du möchtest wohl, daß wir so un-
vorsichtig wären, und uns demselben zu ent-
ziehen suchten, aber wir werden sogleich gehorchen.

Frank. Ihr habt nicht gewollt, daß die
Lady eure Wohlthäterinn sey; nun habt ihr
sie zu eurer Feindinn gemacht.

Thomas.

Thomas. In diesem Augenblicke ist ihre Feindschaft ein Glück für uns; und wo wir uns auch immer befinden mögen, so werden wir daselbst gewiß glücklicher seyn, als sie es hier ist.

Frank. Wie denn?

Thomas. Wir werden von Vorwürfen frey seyn.

Frank. Wie! ihr unterstehet euch, grobe Schmähreden über die Lady Lallin zu führen; itzt seyd ihr nur noch Undankbare, hütet euch, daß ihr euch nicht noch strafbarer machet.

Thomas. Elender; wenn ich ein Wort sagte, so würde ich dich in den Abgrund stürzen, den deine Frevelthaten unter deinen Schritten geöfnet haben. Wenn der mir itzt angekündigte Befehl nicht meinen liebsten Wunsch erfüllete; wenn ich die Stimme des Blutes, das in meinen Adern fließt, anhörete — Aber, nein, rede, rede Niederträchtiger. Deine Unverschämtheit und dein kriechendes Verfahren erniedrigen dich unter meine Rache —

Frank

Frank (zum Unterofficier.) Herr, diese Leute da fangen an sich widersetzen zu wollen; richte er, wenn es beliebt, seine Befehle darnach ein.

Thomas. Ich habe es Ihnen schon gesagt, daß wir sogleich gehorchen wollten. Meine Frau macht nur dasjenige fertig, was zu unserer Abreise unumgänglich nothwendig ist — Ihr, mein Vater, höret. (er redet leise mit ihm.)

Frank bey Seite. Dieses Zaudern macht mich unruhig; zum Glücke habe ich allem vorgebeugt, aber der zweyte bleibt sehr lang mit seiner Verrichtung aus.

Frick. Ja, du hast Recht, mein Sohn, unser Vaterland wird überall seyn, wo wir beysammen leben werden.

Thomas. Geht, ich bitte euch, geht, seht, ob meine Frau bald fertig ist.

(Frick geht ab.)

Neunter

Neunter Auftritt.

Frank, Thomas, der Unterofficier, die Gefreyten.

Thomas bey Seite. Mich von meiner Frau, von meinen Kindern trennen! niemals, niemals.

Frank bey Seite. Was Teufels! man kömmt nicht. Alle das Ding geht nicht so geschwind, als ich mir es einbildete; ich fange an, eine verdrüßliche Veränderung zu befürchten.

Thomas bey Seite. Dieser erhaltene Befehl, mich aus England zu bringen, setzet mich in solche Verwunderung — Man wird den König hintergangen, man wird ihn belogen haben; so viele Leute sind eifrig, Böses zu thun! die Lady bezahlet sie mit meinem Vermögen. Ach, sie behalte es, sie behalte es.

Zehnter

Zehnter Auftritt.

Frick, Frank, Thomas, der Unterofficier, die Gefreyten.

Frick. Mein Sohn, deine Frau ist weder in ihrer Kammer, noch in der Werkstätte.

Thomas. O Himmel! Und meine Kinder?

Frick. Jonas hat mir gesagt, er hätte sie sehen ausgehen, mit ihrem Säuglinge auf ihren Armen; das andere Kind ist in der Werkstätte bey ihm.

Thomas. Und habt ihr einige Zubereitungen zur Abreise gesehen?

Frick. Nicht die mindeste.

Thomas. Das verstehe ich nicht; wo mag sie hingegangen seyn?

Frick. Das kann ich mir nicht vorstellen.

Thomas. Ich zittre. (Zum Frank.) Wenn man so boshaft gewesen wäre — GOtt! welch schrecklicher Verdacht! Zittert, wenn er wahr wäre.

Frank. Worinn besteht denn dieser Verdacht?

Thomas.

Thomas. Daß man meine Frau habe wegs nehmen lassen. Wenn das mindeste Geschrey, der mindeste Lärm, diesen Argwohn hätte rechtfertigen können, würdest du schon nicht mehr seyn.

Eilfter Auftritt.

Die vorigen, Jonas.

Jonas läuft herbey, und schreyt. Herr Thomas, Herr Thomas, hier sind Leute, die nehmen euren Sohn weg.

Thomas schreyt, und geht mit dem Jonas ab. Ach Gott! ach Gott!

Frank. Gut! Er geht hinaus, dieß haben wir eben gewollt.
(Er geht eilends mit dem Unterofficier und den Gefreyten ab.)

Zwölfter Auftritt.

Frick allein, reicht die Arme nach der Scene.

Meine Kinder! — meine Kinder! — mein Sohn! — ach, Himmel! (Er fällt vor

F 4 Schwach-

Schwachheit und Schrecken auf einen Stul hin.) Er geht in sein Unglück. Man nimmt mir ihn weg, man nimmt mir sie alle weg — Meine Tochter! Ach! alles hat für mich ein Ende. Der Schrecken erschöpfet die wenigen Kräften, die mir übrig blieben. O die wildeste, die grausamste unter allen Weibern! was haben wir dir gethan? — Aber, Himmel! irre ich mich? Nein, er ist es, es ist mein Sohn, den ich wieder sehe. Mein Sohn! mein liebes Kind!

Dreyzehnter Auftritt.

Frick, Thomas, der Unterofficier.

Thomas mit einer erstickten Stimme, zitternd vor Zorn, den Halskragen am Hemde aufgerissen, wie ein Mensch, der sich nicht mehr kennet, in der einen Hand hält er seinen Sohn und in der andern ein Handwerkszeug. Hier ist er — hier ist er, mein Kind — der schändliche Frank! — Sie haben die Flucht ergriffen, die Niederträchtigen — Meine Frau — Ich sehe sie nicht — (zu dem

Unter-

Unterofficier.) Ihr seyd mir zu Hülfe gekom=
men — Es sind Unglückliche — ohne
euch — erlag ich — meine Frau — ver=
wahret meinen Sohn wohl, hier ist er —
Ich gehe — Wo soll ich sie suchen? Meine
Frau — Mein Kind — Ich höre, ich sehe
seine Mutter.

Vierzehnter Auftritt.

Frick, Thomas, der Unterofficier, Molly.

Molly voller Freuden. Ach Himmel! ach,
mein Schatz! mein Schatz —

Thomas verwirrt. Wo ist mein Sohn? wo
ist mein Sohn?

Molly. Alle unsere Nachbarn sind zusam=
men gelaufen — Ich hab ihn denselbigen
gegeben — Sie haben mit mir gesprochen —
Ich habe nichts angehöret. Ich komme —
Ach, welche Freude! ich komme von dem
Könige, mit welchem ich eben geredet habe.

Frick.

Frick. Mit dem Könige! Ey, grosser Gott! was hast du ihm denn gesagt?

Molly. Ich weiß nichts mehr davon; ich erinnere mich nur noch an seine Güte und an seine Antwort.

Thomas. Ach, welche Antwort? was hast du von ihm begehret?

Molly. Ich bin nicht ruhig genug, um dir alles dieses umständlich zu erzählen. So viel ich mich noch erinnern kann, ist, daß er mir die Hand nahm, mich aufheben ließ, und zu mir sprach: Laßt der Lady Lallin, oder denjenigen, die in ihrem Namen kommen werden, sagen, daß sie keinen Befehl habe, einen Lord gefänglich einzuziehen, und daß ich denjenigen widerrufe, welchen sie von mir erschlichen hat, die Familie des Thomas Frick nach Calais zu schicken.

Thomas. Ach, Molly!

Molly. Was fehlet dir? lieber Schatz?

Thomas. Du hast mich unglücklich gemacht.

Molly. Was willst du damit sagen?

Thomas.

Thomas. Ich kann nicht ohne dich leben, du weißt es wohl; dein unvorsichtiger Schritt wird uns bald trennen.

Molly. Lieber Gatte, wenn ich nur auf mich gesehen hätte, würde ich freylich dieses nicht gethan haben; aber ich habe mich selbst auf einen Augenblick vergessen, und es dünkt mich, ich sehe, wie mir ganz England dafür danket.

Fünfzehnter und letzter Auftritt.

Die vorigen, Lord Riston.

Lord Riston von außen herein. Man mache mir den Augenblick auf, ich komme in dem Namen des Königs.

Molly läuft, und macht selbst auf. Ach! es ist der Lord.

Lord Riston zum Unterofficier. Herr, er kann wieder fortgehen, und seine Leute mitnehmen; der König hat mir den Auftrag gegeben, es ihm zu sagen, und übrigens bin ich ihm Bürge für diese Leute, die er gefangen zu nehmen Befehl hatte. (Der Unterofficier geht ab.)

Molly.

Molly. Siehst du, mein Schatz.

Lord Riston. Der König ist ganz von Ihnen eingenommen, liebenswürdige Mistriß, Er ist zu der Königinn gekommen, wo ich war, voll Verwunderung über Ihre Herzhaftigkeit und über Ihre Großmuth.

Molly. Wahrhaftig, Milord, ich erinnere mich nur noch, daß ich mich ihm zu Füssen warf, indem ich ihm Ihren Brief und meinen Sohn vorstellete; ich war so verwirrt, so unruhig — Bedenken Sie, daß ich es wagte, eine so wichtige That über mich zu nehmen. Vergieb es mir, liebster Gatte, damals sah ich nichts, als deine Gefahr. Ja, Milord, so sicher ich wußte, was ich zu sagen hatte, so würde ich mich nicht wundern, wenn ich das Gegentheil gesagt hätte.

Lord Riston. Sie haben nichts gesagt, was nicht wohl angebracht und wichtig gewesen wäre. Der König ist sehr davon gerühret worden, daß ich Thränen seine Augen füllen sah, als er es erzählte, und die Königinn konnte die ihrigen bey der rührenden Schilderung

derung nicht zurückhalten, da er uns ſagte,
daß Sie ſich nicht wider ein Geſätz beſchwe‡
reten, welches Ihnen Ihr Stand ſelbſt un‡
bekannt ließ; aber daß Ihr Gemahl die Lan‡
desverweiſung mit Ihnen den Ehren, die den
Rang eines Lords begleiten, vorzöge, wenn
er ſich als ſolcher von Ihnen trennen müßte;
daß, ſo ſchmeichelhaft ein ſolches Opfer wäre,
Sie ſich nicht nur nicht dazu verſtehen wollten,
ſondern ſogar noch kämen, ſeine Macht und
Anſehung zu Verhinderung deſſelbigen anzu‡
rufen. Sie ſind mit ſeiner Antwort zufrie‡
den geweſen. Er hat mir über dieß noch den
Auftrag gegeben, allen denjenigen, welche an
der Einziehung der Güter des Hugo Spencer,
Grafen von Gloceſter, Theil gehabt hatten,
kund thun zu laſſen, daß, wenn ſie dieſelbigen
in drey Tagen nicht wieder herausgäben, er
alle die ihrigen wegnehmen laſſen würde. Er
ſchickt mich hieher, um Sie die Wirkungen
ſeiner Güte fühlen zu laſſen, und den Unter‡
nehmungen meiner Schweſter Einhalt zu
thun.

Frick.

Frick. Ach, Milord! wenn Sie wüßten, wie grausam dieselbigen gewesen sind!

Thomas zeigt auf die Molly. Mein Vater, laßt uns diese empfindliche Seele nicht betrüben. Möchte ihr auf ewig unbekannt bleiben —

Molly. Was denn?

Thomas. Zärtliche Gattinn! Ja, du bist ein Engel, der vom Himmel herabstieg, um mich glücklich zu machen. Milord, sollte mich wohl der König von einer so großmüthigen Gattinn trennen wollen? Er wäre grausamer, als —

Lord Kiston. Nein, er will es nicht. Und die Königinn, welche ihrer Macht immer sicher ist, wenn es auf Wohlthaten ankömmt, hat erhalten, daß eure Heyrath nicht für ungültig erkläret werde, und daß man ihr die rührende Molly Frick unter dem Namen der Lady Spencer vorstelle.

Thomas. O Eduard! o mein König! dieß ist die einzige Wohlthat, welche meine Seele wünschte.

Molly. Sie setzen Ihrer Güte keine Schranken.

Lord

Lord Riston. Sie sind mir keinen Dank schuldig. Ich bin allzu glücklich, da ich Ihnen Gefälligkeiten erwiesen habe. Aber, liebenswürdige Molly, die Königinn will Sie heute mit Ihrer ganzen Familie sehen. In einigen Tagen wird ihr Lady Spencer mit grösserm Gepränge vorgestellet werden. Heut will sie nur noch die großmüthige Molly sehen, deren Muth der ganze Hof bewundert hat.

Thomas. Ach, Milord! wie vielen Dank sind wir Ihnen schuldig!

Frick. Mann, der seiner erhabenen Geburt wahrhaftig würdig ist! — O Himmel! du allein kannst so viele, so grosse Tugenden belohnen.

Ende des dritten und letzten Aufzugs.

www.ingramcontent.com/pod-product-compliance
Lightning Source LLC
Chambersburg PA
CBHW020031030726
47499CB00007B/2368